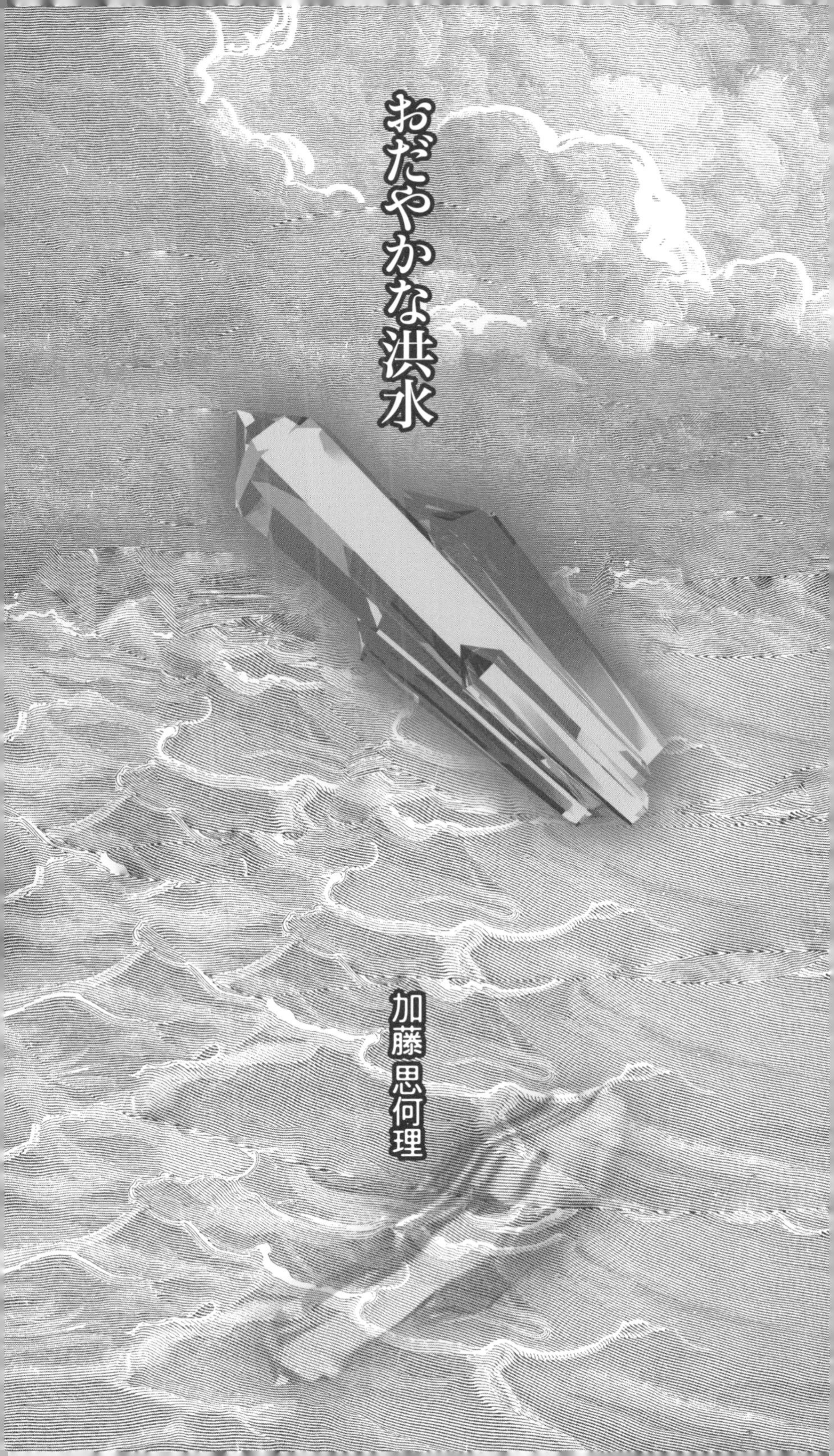
おだやかな洪水
加藤思何理

おだやかな洪水 …………………………………… 加藤思何理

洪水には二種類ある。
ひとつは、家もクルマも街路樹も
あるいは学校や市場や天文台や水族館も
すなわちは眼前のあらゆるものを押し流す
烈しく巨大な洪水だ。

そしてもうひとつは
実におだやかなそれ。
あまりに静かな洪水ゆえに
けっして何も押し流すことはない。
ただ、ぼくたちの頭と心
をのぞいては。

おだやかな洪水

sequence 00　神

生まれた途端に消え失せた神がいた。それも、そもそもの初めに。

彼は何もせず、何も語らず、もちろん何も書かず、つまりは何も残さなかった。

そしてその神が去ったあと、刺戟的で濃密な樹液の匂いがあたりに漂っていたことを、ぼくは懐かしく憶いだす。

sequence 01　星

それは昔昔、人が善の国と悪のそれに別れて住むよりはるかに前のこと。

小学校から帰ってきた少年が、母親に言いつかって夕食用の水を裏庭の井戸から汲みあげていると、晴れわたった空がいきなりふたつに割れて、青い光を曳きながら七つの流星が墜ちてくる。
その碧いひとつが、偶然にも少年の口のなかに勢いよく飛びこむ。
驚いた少年はすぐに井戸水を手で掬ってうがいをするが、流星は咽喉の奥に入ってしまってどうしても取りだせない。

その晩、少年は高熱に魘される。指で触れるものすべてが蒸発するほどの高熱。
その熱は三日後に下がるものの、それ以来、少年の胸に何か閊えるもののある感覚がどうしても無くならない。

少年は長じて詩人になったが、その肺には死ぬまでずっとその流星が碧く煌めいていたという。裸の胸に透けて視えたのだ。

ところで、あとの六つの流星はいったいどこへ墜ちたのか。

毛の薄い獣たちが伝え聞くところによれば、

sequence 02　出産

妻と一緒に列車で街へ出かける。とある小さな映画館で、フェリーニの三十年ぶりという新作が先週末から上映されているのだ。実を言えば妻は臨月なのだが、少少の気晴らしも必要だろうという思惑もなくはない。


ところがその妻がいきなり産気づく。

そこは子どものころによく乗り降りした懐かしい新月駅のプラットフォーム、その下を斜めに横切るように黒い川が流れている。駅のすぐ隣には煉瓦造りのガラス工場があって、その暗い窓のなかに、青い開襟シャツを着た男が鉄の鋏でガラスの塊を運ぶ姿が見える。そのガラスの塊は時に真赤に燃えあがると、幻のように心の奥の視野に揺らめく。


そんな場所で、いま妻は産気づく。ぼくは慌てふためくが、妻は早早とプラットフォームに横たわり、緑のスカートをずりあげて妊婦用の下着を脱ぎ去ると、白い両腿を大きく割り開く。

その中心を視れば、すでに陰唇は春先の海胆のように秘かに祝福すべき状態になっている。だが不思議なのは、周囲の誰もがそんな妻に気づかないことだ。

妻はいきむ。断続的に襲いくる劇痛に汗ばんだ叫び声をあげながら、いきむ。何度も何度も、リズミカルに。

そしてその拍節の単位が本能的に縮小しつづけ、その生理が宿命のひとつの特異点に達したとき、妻は出産する。

だが妻の子宮から生まれてきたのは、嬰児ではなく水だ。夥しい水、大量の水が、どんどん股間から溢れだす。

そうしてぼくの靴や足首が透きとおった水にひたひたと浸かってゆき、その事態に驚いたぼくがただ立ちすくむうちにも、水は否応なく流れつづけ、眼下の黒い川が着実に増水して、今やプラットフォーム全体が徐徐に水没してゆく。

いずれこの街も完全に冠水して、はるかな海と繋がってしまうのだろうか。

妻はぼくの足もとにまだ横たわったままだ。その水のごとく冷たい唇に口をつけて、彼女に温かい息を吹きこんでみる。すると妻の身体はしだいに膨らんで丸みを帯び、ついには一艘の小さな舟になるから、ぼくはそれに乗りこんで海を目指すことにする。

ぼくは緑の小舟の櫂を漕ぎながら夜空を見あげる。天球は真暗で、ひと粒の星のかけらさえ見えない。だが海へとつづく航路だけは、眼の前で金色に耀いている。

sequence 03 地震

水曜日の午後、久しぶりに母親と満月町の古いメキシコ料理店に赴く。

分厚い胡桃材のテーブルを挟んで母親と向かいあう。彼女は襟が大きく開いた緑のポルカドットのワンピースを着て、これまでに見たことがないほど若若しい。しかもその乳房の稜線が白く耀き、あまりに豊満だ。まだ二十歳前後というところだろうか。

さっきから母親は事あるごとに笑い、笑いつづけている。ぼくが数年ぶりに札幌から帰ってきたのがよほど嬉しいのだろう。そうして明らかにぼくより年若い母親は、笑いながらタコスやうずら豆のスープ、ワカモレや魚介類のマリネなどを次次に註文してゆく。そんなに食べきれないよと言おうと思うのだが、母親があまりに幸せそうだから、ぼくは黙っている。

ラヂオから流れるバート・バカラックがいきなり途切れて、年配の男の声で臨時のニュースが報じられる。余市附近で地震が発生したらしい。親戚や友人たちの住む札幌は大丈夫だろうか。それに、あの星座塔は。

sequence 04　約束

先週、ぼくの新しい本が上梓された。
たいていの友人や知人には郵送するのだが、親友となればやはり直接手渡したい。

同じカトリック系の幼稚園に通い、だがその存在はたがいに知らず、小学校は遠く隔たってはいたものの、ふたたび地元の中学校でなぜか同じクラスになり、やっと言葉を交わしてからは幾何級数的に親しくなった、あの旧い親友。

そこでぼくは妻が不在の土曜日の深夜、広いベッドに腰かけ、いつものアードベッグやタンカレイで心地よく酔いしれながら、携帯電話で彼にメッセージを送る。

——またそろそろ飲まないか？　例の本も渡したいし。それに、そもそもこの本はきみに捧げたものだからさ。

するとすぐに親友から返信が来る。彼はわが家から五マイルほど離れたところにある自宅の書斎で、色のくすんだウイングチェアに深く沈みこんで、コイーバの葉巻を喫い、ラフロイグを飲みながら、イギリスの古いミステリィを読みかえしていたらしい。

——では金曜日の午後六時に会おうか。とりあえず半月駅の例のバーで待ち合わせよう。

——ああ六時ね、とぼくは返信する。未亡人が裏庭で蟬の幼虫を見つける時刻だ。

sequence 05　森

彼のことを考えるとき、ぼくの脳裡にはしばしば森のイメージが浮かぶ。

真昼の森でも真夜中のそれでもない。夜明けの森。

暗闇のなかで生きる血の熱い獣たちが睡りについてから、頰の蒼白い早起きの人たちが眼を醒ますまでの、すべてが石のように寝静まった静謐の時刻。

鳥もいない、虫も花も姿を見せない。

その世界を領するのは、影、輪郭、黒い土の湿った重み、そして樹液の鋭い匂いだけ。

ぼくが想うのはなぜかそんな森だ。


彼との長い付きあいのなかで、ぼくたちは折に触れ、多種多様なテーマについて何度も議論を重ねてきた。というのは他でもない、彼とはことごとくと言ってよいほど意見や観点が異なったからだ。

彼の深部には磁針のごときものがあり、常に一定の方向を指し示してはいるのだが、その方向性が、さらには磁針それ自体が、ぼくには理解できないこともある。

そのうえ彼は、ある水準以上の事柄においては、硬すぎるほどに硬い。

一方ぼくは、おそらくは柔らかすぎるほどに柔らかい。

そんなふたりが知識と論理、あるいは感情や魂までもぶつけ合うのだから、往往にしてぼくの声の谺だけが洞窟のなかで虚しく響くことになる。

しばしばぼくは暗い森をさ迷う猟師になったような、そんな茫然たる気分に陥るのだった。


彼は一見して安定的だ。緯度も標高も変わらない。

だがその内部には確かに大いなる蠢きやどよめきがある。彼の額は常に風の予感を孕み、その背中には濃密な霧がかかる。

時にはその頭上で稲妻が素早く光り、雨も烈しく降ったりする、けれどすぐに雲が霽れて澄んだ青空が顔を覗かせるのが救いだ。

ともかくも純粋なものから煩瑣なものまで、すべてを抱えこみ呑みこんだ森。

たとえばドイツの内奥に広がる巨大な黒い森に、大きな頭をのせ、長い腕や脚を生やしたら、彼という人物ができあがるだろう。


そんなことを考えながら、ぼくは彼から貰ったドンフリオのテキーラを氷水で割って飲む。

sequence 06　ノオトブック

ふだんは、たとえば年老いた玉虫のごとく午前八時ごろに自然に目醒めるのだが、今日はなぜか早早と六時に覚醒。久しぶりに自転車に乗ることにする。

実は最近、クルマから遠ざかっている。右眼がどうも不調で、視野の中心は鮮明なのに、その周辺部に灰色のぎざぎざした霞みや滲みが見え隠れするのだ。詳しくは書かないが、ともかくも慎重で想像力に富む妻に運転を止められている。

ガレヂの奥で埃を被る水色の旧いポルシェを横目で見つつ、タイアの太い自転車に跨る。丘の端にある公園に着くと、柳や椎や櫟や栗の樹のあいだをすり抜けて、細い径を誰もいない高台まで走る。

自転車を降りてまずは深呼吸、すると肉体のすべての細胞が蘇生して、星屑のように小さな煌めきを放ちはじめる。しばらくすれば、流れる血液すべてが澄みきってくるのが解る。

古い切株に腰かけてノオトブックを開く。次作のために用意した、オレンヂ色の表紙の薄いノオトブック。

その次作は、ぼく自身のごく私的な日常をめぐる断章を自在に書き連ねた気配の本になるはずだ。

とりあえずはその本のタイトルを『洪水』としておく。というのもこれは、あらゆる位置や次元や局面における〈いきなりの洪水〉がテーマなのだから。

さて今朝の仕事はといえば、このノオトブックに各断章の鍵となる言葉を思いつくままに記してゆくことだ。

爽涼な大気を新鮮な肺で呼吸しつつ、適当に気怠い気分で作業を進めながら、今日の昼食はどうしようかとふと考える。自転車で隣町まで走って、運河のそばの中国料理屋で西海岸風のチャプスイを食べるのも面白い。

あの店には何度も訪れたことがあるが、かつては頰の赤い越年水夫たちによく出逢ったものだ。最近彼らの姿を見ないのは、演習の航路が変わったからかも知れない。

sequence 07　図書室

昼休みに図書室で、革表紙の分厚い昆虫図鑑のページを戯れにぱらぱらと捲っているとき、ぼくはなんとも珍しい虫を発見する。

その幼虫は〈ツァア〉といい、中央アジアのとある地域で暮らす少女たちの体内に棲むが、その身体のさまざまな部分で変態を繰りかえすうちに金色の髪が生え、それより少少は色の濃い体毛も生えて、夏の暮れ方にこっそりと秘めやかな孔から外に出ると、その長い金髪を靡かせながら藍色の空に飛びたってゆく。それは幻のごとく美しい光景であるらしい。

その成虫の名を〈シャア〉という。


そんな不思議な虫のことを母親に知らせたくて、放課後にぼくは走って家に帰る。すると残念なことに母親は不在で、代わりに赤い格子縞のシャツを着た父親が、見知らぬ庭師と裏庭の枝垂れ桜を伐る相談をしている。

その樹は今から八年前、ぼくがこの世に生まれ落ちた記念に母方の叔母が贈ってくれたものだ。だからぼくは、この樹は絶対に伐らないでと、涙ながらに桜の幹にしがみつく。


ちなみに、その〈シャア〉の近縁種が東欧の山間部に住む。それらのごく一部は越年するが、次の春にはその金髪が艶やかな漆黒に変色するらしい。

だから現地では、その虫のことを〈黒い未亡人〉と呼びならわしている。

sequence 08　犬

金曜日の放課後、町外れの高台にある〈水源地〉で、ぼくは犬の死骸を発見する。

おそるおそる近づいてゆくと、驚いたことにはその褐色の毛なみの上を、夥しい数の真白な蛆が全身を烈しく蠢かせながら這い回っている。

そして周囲に漂うのは、圧倒的な腐敗の臭い。

ぼくはそのあまりに即物的、かつ不条理な感覚に思わず吐き気を覚え、即座に踵を返すと、ふたたび自転車に跨って真新しい住宅街の屈曲した坂道を下りつづける。

だがペダルの回転が速すぎて車輪がとうとう眩暈を起こす、すると自転車はカーヴを曲がりきれずに乾いた側溝のなかへと勢いよく飛びこんでしまう。

ハンドルバーがゆっくりと歪み、ライトのレンズが割れて飛び散る。

ぼくはといえば自転車の前方に大きな弧を描いて投げだされ、頭部はなんとか無事ではあったものの、肘と膝に大きな擦り傷を作る。

それらの傷が、いまぼくの眼の前で競い争うように血を流しはじめる。流れだしたその血が、焔の本質そのもののように熱い。


その二週間後。ふたたびぼくは自転車で長い坂を登って〈水源地〉を訪れる。

丈の伸びた草を掻き分けてその場所に辿り着くと、犬の死骸はなんとすっかり食い尽くされて、実に清潔で乾いた骨格だけになっている。

細長い頭骨や骨盤、それに怖ろしいほど精密な曲線をいくつも連ねた真白な肋骨。

先日の淫らで生生しい記憶とは隔絶した、ある種の神的な美しさに、ぼくは心を完璧に撃ち抜かれる。

だからぼくはこの犬、この骨だけの姿になった犬に、今さらながらも〈あるいは屋根裏のエッピルニョッキ〉と名づけ、足元に転がる青い石ころを適当に供えてから、自転車でいま来た道を引き返す、口笛を高く低く滅茶苦茶に吹き鳴らしながら。

sequence 09　再検査

その二日後の昼過ぎ、自宅の一階にある書斎で仕事をしているぼくの電話に親友からメッセージが届く。

――申し訳ない、約束の金曜日に急用が入ってしまった。

ぼくは調べ物をしていた植物図鑑から眼を離すと、ボウウィンドウの向こうの木香薔薇をしばらくは眺め、とうに冷めたチャイのカップを左手で口に運びつつ、右手で返信する。

――解った。でも、なぜ？

――いや、実は先日受けた健康診断の再検査があるんだ。

――何の再検査？

――咽喉だよ。

interlude a　インタヴュウ

――最初に、詩の鍵となるひとつの視覚的なイメージがあります。

その〈視覚的イメージ〉とは、たとえば夢の断片のこともあれば、映画で観た一シーンのこともあり、あるいは街で見かけた少年の挙動や、記憶からはみ出した情景、さらには意識と無意識の狭間の幻のことさえある。要するに、脳内に瞬間的に浮かんだ花火か火花のような視覚的刺戟。

それをもとに詩の物語が自在に膨らんでゆく。

そのプロセスを、いわば傍観者の眼で斜めに見つつのんびりと愉しみながら筆記してゆくのが、ぼくの詩作のスタイルですね。


——観た夢の記録はつけています。そう、十歳か十二歳のころから。言うまでもなく夢は貴重な資源ですから。

まあそんな昔のものは、実家の屋根裏部屋の片隅にある埃だらけのリモワのトランクのなかでひっそりと睡っているはず。ちなみに、それらのノオトブックを読み返すことはまずありませんが。


——夢というのは自らの欲望の形そのもの。それを掬いとって記録する行為は、自画像を描くことでもあるし、また人生の日附を誌してゆくことでもある。夢をずらりと連ねたら、きっともうひとつの自叙伝ができあがるのでしょう。

sequence 10　真珠

四本の太い煙突の立つ大きな工場が、その輪郭に霧の粒を含んで白く光っている。その内部でいま大量の鉄が赤く溶けてゆくのが、煉瓦の壁越しに確かに透けて見える。

工場の背後は小さな湾になっていて、その向こうの海へと密やかに繋がる。その水の碧い色があまりに深い、ほとんど黒と見間違えるほどに。

全裸の老婆が前方を歩いてゆく。贅肉のない痩せた身体だが、さすがに年相応の緩んだかたちを見せる。尻の乾いた肉が皺寄って平たく垂れさがっている。おそらくは乳房もそうなのだろう。率直に言うなら、視る眼に痛痛しくもある裸体。

その老婆がいきなりこちらをふり返り、ゆっくりと左右の口角をあげてにこりと笑う。なんとも優美で艶やかな笑い。

すると開いた赤い唇のあいだから、夥しい真珠がつぎつぎにこぼれ落ちる。

そうしてそれらの煌めく真珠たちが、屋根裏部屋に睡るぼくの金色の瞼に滴ってゆく。

sequence 11　碍子

ガレヂの奥のポルシェに乗りこんでエンジンをかける。走るためではなく、ただエンジンに点火するために。バッテリィが上がらないように、少なくとも週に一度はそうしている。なんとも原始的な習慣ではある。他の方法もあるのだろうが、ぼくにその知識はない。

去年の夏に修学院の奥から札幌に移住した叔母に譲ってもらった、旧式のポルシェ。車体の色は淡い綺麗な青、というよりたとえばどこか北方の湖の、その水の色に近い。叔母は代わりに新しいディフェンダーを入手した。藻岩山の山麓、それも上のほうに建つ旧い家を買ったそうだから、冬季の積雪を考えれば後輪駆動では不安なのも頷ける。

もうずいぶん昔のことだが、実はぼくも札幌に住んでいたことがある。クルマの免許を取ったのもその札幌だ。当時ぼくは山鼻郵便局のそばに小さな部屋を借りていたが、そこから路面電車で北上し、その後しばらく歩いたところに教習所があった。そこの教官がなんとも唾棄すべき性状の乾涸びた老人であったことを鮮やかに憶いだす。

いきなりポルシェが動きだす。ギアも入れず、アクセルも踏んではいないのに、勝手に動きだしたのだ。少なからず驚いていると、ポルシェは滑らかな挙動で町なみを抜け、葡萄畑のあいだを走り、いつか山間部へと進入してゆく。

もうどれくらい走ったか、ポルシェはいきなり大きなブレーキ音を立てて停止する。両側に黒い豊かな森の広がる、だが生き物の気配のまるでない場所。

ふと見ると、道端に光る物体が転がっている。クルマを降りて近づき手に取れば、それは珍しくもガラスの碍子だ。子どものころに一度だけだが、旅先の高原で見かけたことがある。深い矢車菊色のガラスでできた碍子。

掌に載せて見つめていると、魂がその内部に不可逆的に吸いこまれてゆきそうな気がする。

先刻から頭上の電線がぱちぱちと小さな火花を散らしている。東方の寂れた漁村に住む老婆のヒステリックな独り言のようだ。湿度と気圧の影響だろうか。

暗く不穏な雲塊が彼方から次次に押し寄せて、勢いよく左右に別れ流れてゆく。

そのときポルシェに新しい雷が墜ちる。

樹液の匂いが鼻を衝く。

sequence 12　ダッフルコート

市役所が実施する地籍調査に立ちあうために、路面電車で彗星町に出かける。早朝からなんとも分厚い雲が頭上に重く伸しかかっている。

母親から受け継いだ物件のうち、五階建ての旧いビルディングのその敷地が、今回の調査の対象だ。測量士の説明を聴きながら、各隣地との境界をゆっくりと確認してゆく。だが裏庭のとある一点だけ測量の標識が消えていることが判る。すると測量士は暗い額を斜めにあげてこう言う。

——困りましたね。この標識が見つからないと再測量できません。
——でも他の標識はすべて残っているわけだし、ほら、ここにこんな図面もあるから、そこは類推できるのでは？
——いやそうはいきません。この一点がないと、ここにいわば架空の虚点が形成されて、その真空の力で土地が裏返ってしまう可能性もありますから。

測量士の言うその意味が解らない。土地が裏返るなどという、そんなアクロバティックで莫迦げたことが起こりうるはずはない。
だが測量士は冷たい唇でさらに続ける。

——あるんですよ、そういう事例が。ＪＱＡＳ＋測量になってからそんな事象が多発しています。先月もイタリア大使館の庭の測量で同じことが起きました。池の亀やオタマジャクシが暴れて大変だったそうです。ともかく、後日こちらで安全に処理しますから、とりあえず署名だけお願いします。

そうして測量士は、複雑きわまる書類の束にぼくの名前を十五か二十も書かせると、素早く立ち去ってゆく。

地道で面倒な地籍調査が終わって、昼食をとるために駅のそばの庶民的な食堂に入る。席に着いてメニュに眼をやり、正統的かつ凡庸なオムライスを註文してからおもむろにダッフルコートを脱ぐと、そのシナモン色の背中に白い異物が付着している。よく見ればそれは鳥の糞であるらしい。紙ナプキンをグラスの水で濡らしてこすってみるが、白い汚れは周囲に広がるばかり。隕石通りの洗濯屋にでも出すしかないようだ。

ところが、そのダッフルのポケットにコインが一枚入っているのが手触りで判る。指先で抓んで取りだしてみれば、それはみずからの尾を咥える蛇を描いた、見たことがないほど大きな銀貨だ。いったいどこで紛れこんだのだろう。

sequence 13 放射線

週のなかばの暮れ方、列車に乗って親友を見舞いにゆく。

三日月駅で降りて地上に出る。

病院に着くと裏口の受付で名前を書き、保安員に頸からぶら下げるカードを貰って、エレヴェイタで十五階へ。

そのカードを風変わりな流線型の装置に押しあてて反応させてから、〈ミモザ〉という名の病棟に入る。

親友は病室のベッドに腰かけてスペイン料理の本を読んでいる。

——放射線治療を二回受けた。固く冷たいベッドに寝かされて、顔のうえに緑色の妙に重たい布を被せられるんだ。そして、怖ろしいというか素晴らしいというか、ともかくそんな怪しい光を頸に照射される。十分間くらいかな。

——そのせいで咽喉が火傷するらしい。少しずつね。そしてご飯がだんだん食べられなくなってくるそうだ。だから医者に、今のうちに肥っておくようにと言われたよ。まあ今でも充分肥ってるけどさ。

——葉巻は止めた。ともかく肉体に悪影響があるのは解ってるからね。そうそう、さっき娘夫婦が見舞いにきてくれた。子どもを作ることを決めたみたいよ。

親友と少し言葉を交わしてから病院を出ると、さっきの三日月駅とは逆方向に歩を進める。しばらく歩いてから堀を渡って、城址にある公園へ入る。敷地がかなり広いのは良いが、ここにはどうにも湿度と襞と奥行きが足りない気がする。とはいえ、街の真中にこんな脱目的的な場所があるのは素晴らしいことだ。

けっこうな距離を歩いて長い坂を下り、まだ蕾の膨らまぬ梅林の横の門をくぐって外に出ると、いきなり静かなオフィス街になる。さらに階段を登って黒い川を渡れば、半月駅周辺の昔ながらの繁華街だ。

駅から少し離れた古いバーでタンカレイのジントニックを飲む。ジントニックを飲みながら、携帯電話で放射線治療について調べてゆく。

interlude b　蜜蜂

土曜日の陰画の昼下がり、少女たちは奇蹟の羽化を前にして、鎧戸を鎖した屋根裏部屋でそれぞれが分封の準備を行う。一方、前世紀の母親たちは、六角形の耀かしい免疫のもとで、変声期の虹の匂いを嗅ぎながら盲目的な祝福に耽る。

ここで注目すべきことは、前性器の母親から生まれる少年たちが、けっして毛糸の靴下を履く風速計でも、予約分配制度に飼い馴らされた養蜂業者でもないことだ。

彼らは男子校の螺旋状の踊り場で花粉を食べて急速に成長するが、もし理科室で女教師の恥部から分泌される透かし酢を服用した場合、ナイフの刃先に閃く静電気よりもはるかに遊星的であると言えるのではなかろうか。

sequence 14　金沢

先週の火曜日、金沢の小さな食料品会社から連絡が入る。

かつての在東京の時代、ぼくは紅茶やジャムやチョコレットの輸入会社でしばらく働いていたことがあるのだが、当時のガールフレンド経由の、そう複雑ではない企画の仕事だ。もちろん最終的に手にする金額は期待できないだろうが、金沢とあれば行くしかない。

ぼくの父方が北海道の出自であることは以前どこかに記したことがあるが、母方の遠いそれは金沢にある。だから明らかな係累も十人ほどはその地で暮らす。彼らと会うことはまずないのだろうが、それでも第二の故郷のごとき街ではある。

黒いタートルネックのスウェタァと白いズボン、それに墨色のダッフルコート。そんな良家の少年のごとき姿で旧式のリモワの旅行鞄をごろごろと引っぱりながら京都駅に到着すると、指先が切れそうなほどに真青な切符を買い、サンドキッチとソーダ割りのウヰスキィを二缶入手して、〈はつゆき〉という名の列車に乗りこむ。

列車はいくつもの長いトンネルを抜けてひた走り、走りつづける、無粋ながらも心地よい轟音を耳の奥に響かせて。

そうしてアルコールの作用がもたらす心地よい居眠りの最中に、〈はつゆき〉は粉雪の舞い散るプラットフォームに滑りこむ。

金沢だ。

ぼくはふたたびリモワを転がして、香林坊附近のとあるホテルにチェックインする。仕事は明日からだ。部屋に入る前に、まずは移動距離に応じて素直にねじれ複雑化した心を解きほぐそうと、中二階のカフェで秋摘みの紅茶を註文する。

sequence 15　猫

ホテルの部屋になぜか猫がいる。
軽くひと睡りしたあと目醒めると、猫はデスクの上に静かに坐ってぼくをまっすぐに見つめているのだ。その水色に澄みきった、なんとも美しい三日月型の眸で。

とりあえずはその猫を廊下に追いだそうと、ドアを開け放ったまま彼を追いかける、だが猫はあまりに敏捷に走り回るので一向に埒が明かない。

そのうちに猫のからだがしだいに透きとおってくる。速度と地磁気の影響なのか。
猫は半透明の胴体を器用にくねらせながら、デスクやベッドの下、バスタブやシンク、あるいは壁や天井を夜明けの稲妻のように素早く駈け抜ける。ぼくの視線はまるで追いつかない。というより、もはやその猫はほぼ完璧に透きとおってしまったのだ。

疲れ果てたぼくは、猫を追いだすのを諦めてベッドに仰向けに倒れこむ。そのぼくの身体の上に、いま透明な猫が乱暴に駆けのぼる。

sequence 16 血

シンガポールの海岸通りにある、星座塔のごとく背の高いアパートメントハウス。ここしばらくはその最上階に住む姪が、昨年の夏に初めて出産した。

その事実を、なぜか昨日になって兄からのメールで知る。

生まれたのは男の子で、その名前の不思議な綴りも見たが、残念ながらぼくの舌と唇ではとても発音できない。姪の夫はプラナカン系の資産家。彼は三度目の結婚であるらしい。ともかくこれで兄夫婦の血は、さらに言えばぼくと兄の肉体の内部で蠢く遺伝子の排列やうねり具合は、やっと次の次の世代へと確実に受け継がれたわけだ。


兄はぼくの三歳上だ。生まれたときから少年期を経て大人になる直前まで、大きなフランス窓のある三角屋根の家で一緒に暮らしてきた。

だが、幼いころに兄と一緒に遊んだ記憶はまるでない。その理由も解らない。あるいはぼく自身がその記憶の手がかりを封印しているだけなのかも知れないが。


姪は音楽家、あるいはもう少し具体的に言うならパーカッショニストである。

彼女は演奏者であると同時にオリジナルの楽器をいくつか発明もしているが、ぼくの見るところ、その最良のものは猫の骨格で作ったそれだろう。

もう何年も前のことになるが、姪の愛猫が老衰で亡くなった。その悲しみに耐えきれず、姪は中国人街の仄暗い袋小路にある怪しげな剝製屋に頼んで、猫を綺麗に骨格だけにして貰う。骨だけにしてでもみずからのそばに置いておきたかったのだ。

ところが姪は、粗末な紙箱で届けられたその真白な美しい骨格をひと目見て、これは楽器になると思いついたらしい。天啓と言うべきだろう。

その背骨や肋骨にさまざまな真鍮の鈴をつけ、あるいはその細長い骨盤附近に不可解な電極のごとき物体を装着して、まあ実際はもっと複雑な仕掛けがあるのだろうが、姪は何とも精妙で可憐な音を奏でる楽器を創りあげた。その発想が実に風変わりで独創的だ。

姪はかつての愛猫からなる楽器を抱えて、アジアやヨーロッパのいろいろな街に気ままに出没しているらしい。死んだ猫の生命がいまだに続いているというわけだ。

ところで〈姪〉という漢字は、なぜこんなにも〈蛭〉という文字に似ているのだろうか。

sequence 17　男

灰色に澱んだ運河を渡ると、おそらくは光重力の影響で奇妙に歪んだ旧いビルディングが眼に入る。だが淡いミントグリーンの壁の色が疲れきった網膜になんとも清清しい。

小さな回転扉からその建物に入って黒いエレヴェイタに乗る。この五階にある探偵事務所に用がある。実は妻が先週から行方不明なのだ。

ぼくひとりを載せた鉄の箱は、粗雑な機械音をたてながらゆっくりと上昇してゆく。

いきなりビルディングが烈しい稲妻に撃たれる。いわば神的な衝撃。

エレヴェイタは大きく左右に揺らぎ、ぼくは物理的均衡を失って思わず子どものように床に尻餅をつく。

ちょうどそのとき、目指す階の数字が青く光って、扉がゆっくりと開く。

眼の前にはひげもじゃの年老いた男が、その瞳を烈しく耀かせながら突っ立っている。ぼくの最愛の仇敵とでも呼ぶしかないあの男、すなわちはわが父親が。

sequence 18　薬

――本筋の薬とともに、副作用を抑える薬が大量に投与されるんだ。すべて点滴でね。

――まずは吐き気を抑えるルバーイーという薬。

次に、チャンドラセカール。これが病気をやっつける本来の薬剤だ。

その後は、大量の生理食塩水と利尿剤の点滴。薬の毒毒しい威力からわが腎臓を守るためには、そういうものが必要であるらしい。

——一日中、ほぼベッドの上だよ。今日は午後八時ごろにやっと点滴のシリーズが終了した。その間はいわば磔刑の状態で部屋を出られないから、本を読んだり、クリスマスカードの返辞を書いたり、ＴＶや映画を観たり。

しかし映画を観られるのはいいね。大いなる暇つぶしさ。

そんなに暇なら、デイヴィド・リンチの『ブルー・ヴェルヴェット』はどうかな。ぼくは彼に返信する。前から言ってるけど、まだ観てないだろ？　ともかく面白いぜ。

——ああ、そんな話を昔聞いたな、と親友は即座に返してくる。でもまだ観てないよ。そうそう、『ツイン・ピークス』は観た。謎めいた怪しげな雰囲気と、複雑に屈折したユーモアの感覚は確かに心に響いたが、今はもう少し爽やかな作風がいい。たとえば一九五〇年代のアメリカの青春映画とかね。

そう、トロイ・ドナヒュウだ！

sequence 19　尼僧たち

夜明けの前の一刻か、それともそれは深い暮れ方なのか。いつのまにかぼくは見えない手に押されるように暗い埠頭へやって来る。

木造の桟橋に立つ。ひどく寒い。蒼い霙が色のない海へ音もなく吸いこまれてゆく。

沖に眼をやると、なかば朽ちかけた黒い船が漂うように浮かんでいる。

さらによく視れば、甲板には一ダースほどの白い尼僧が重なるように立ちならび、低くぐもった声で祈りの言葉を捧げているのが解る。

ひときわ風が強まったとき、その風に共振するようにひとりの尼僧が暗い波間に頭から飛びこむ。ぼくは心の底から驚く。だがさらに驚くべきことには、ついでひとり、さらにひとりと、尼僧がつづけて海に飛びこんでゆくのだ。

それを見たぼくは血も智も凍りつきそうなほどの恐怖を味わう。

とうとう最後の尼僧が身を投げたとき、それに同期するようにぼくの身体がいきなり揺れはじめる。そうして眼に見えない巨大な掌で宙に掬いあげられると、そのまま氷りつくような海に投げ落とされる。後には何も残らない、水泡のひとつさえも。

その直後にぼくは、暗い海の底から明るい海面に浮かびあがる真珠採りの少女のように、爽やかに目が醒める。

ぼくは明るい光に満ちた新鮮な酸素を肺いっぱいに吸いこむ。

sequence 20　火事

緑の路面電車と赤いバスを乗り継いで、学校から帰宅する。

食卓の上の胡桃パンを適当に食べ、冷蔵庫のなかの低温殺菌牛乳を飲んでから、鹿毛色のランドセルを開いて算数の問題集を引っぱりだすと、瞬く間に宿題を終える。夕食までにはまだ時間がたっぷりある。そこでぼくは、叔父に貰ったラヂオで旧いハワイアンを聴きながら、先日古本屋で入手したシャーロック・ホームズの後期の短篇集を読むことにする。

ちょうど『悪魔の足』を読み終えたとき、何かが焦げたような匂いがどこからか漂ってくることに気づく。それも濃厚かつ執拗に。窓を開けて顔を出すと、対岸の家の背後から黒い煙が細く上がっている。もしかしてこれは火事なのだろうか。

しばらくすると、さまざまな声の集積が途切れとぎれに耳のはしに聞こえてくる。そこに消防車の遠いサイレンの音が重なる。

間違いない。

これまでに火事など見たことのないぼくは、思わず外に飛びだしてゆく。

それは自宅から五十ヤードほど離れたところにある製材所の火事だ。巨大な焔が尖った屋根から巻きあがるように空に昇ってゆく。製材所は斜面に建っているから、消防車が上の道と下のそれからいっさんに放水しているのが判る。

噂を洩れ聞くところによれば、もともとは上部にある工場から出火したのだが、その火がつぎつぎに飛び火して、今やその下部の従業員の宿舎にまで燃え広がっているらしい。大勢の見物人。そして道をうねりながら走る銀色の消火ホース。

いつまでも火は消えない。


翌日の新聞に詳しい記事が掲載される。製材所と宿舎は全焼したようだ。

その翌日の夕刊には、意外にも放火の疑いがあることが小さく報じられる。

一週間後、放火犯が逮捕される。その名前を見てぼくは驚愕する。それほど親しいわけでもないが、製材所の宿舎で暮らすぼくの同級生の父親だ。もちろん顔もよく知っている。

その禿げあがった額と、異様に深く澄んだ氷の焔のような眼差しが、何十年か後の今も脳裡を離れない。

interlude c　インタヴュウ

――あの記述はもちろん文学的ジョークですが、まず一冊ごとにテイストを変えたいという思いが常にあるし、それにつれて作者自身も明らかに変化してゆきます。というより、変化しないと澱み滞ってしまいますからね。

――ぼくにとって本は時計です。そこには膨大な過去も無尽蔵の未来も含まれているけれど、時計そのものは現在の時刻を指し示している。まあ時計が狂っている場合もあるし、あるいは針そのものが無い可能性もなくはないですが。

――作品のなかの〈ぼく〉は、たいていは少なからず不安な気持ちを懐きつつその場にいます。なぜなら、これから何が起こるか解らないし、それに必ず何かが起こるわけですから（笑）。そうして〈ぼく〉は場面から場面へと摺り足で歩いてゆく。そんな、自意識が過剰に研ぎ澄まされたような心理状態。

――ぼくの詩は、いわば一人称の視点で撮影されたサスペンスフルな映画みたいなものです。眼球がそのままカメラのレンズになった感じでしょうか。そういう謎めいた感覚を読者に共有してもらいたい。つまりは、その装置としての〈静謐〉であり〈抑制〉であるという解釈も可能でしょう。

――確かに性は大好きな主題のひとつです。あらゆる意味や角度において興味深いですからね。子どものころから、常に頭のなかには性的な光や形や影や速度が充満していました。そんなセクシュアルな感受性だから、性の社会的な意味や力はむしろどうでも良いというか、ともかくそれはもっと個人的な思考のたゆたいのなかにこそある。

――まず性は、視て、観られて、体験するものだけれど、より本質的な視点に立てば、ヒトの原理や本能に基づいた神秘的かつ哲学的なもの。その一方で、底抜けに明るく陽気なものという性質も持つ。結局、性というものをぼくの表現法で語るなら、笑いや頬笑みに限りなく近い。
そこに魅力的な挿話が巧く組みこまれれば、素敵な物語が生まれるのではないか。きっとぼくは単にそう思って書いているんでしょうけどね。

sequence 21　入浴

暮れ方の波打ち際で見知らぬ女と巡りあう。女はすれ違いざまに斜めの瞳でぼくをじっと見つめ、わたしはあなたの手相が読める、と言う。

——手相?

——ええ。

——では、ぼくの手相できみの未来を占ってもらおうかな。

ホテルの地階にあるバーでカクテルを三杯ずつ飲んでから、ぼくたちはそのまま上の部屋へ向かう。

海岸では季節の終わりの花火が始まったようだ。

部屋に入るとふたりはすぐに衣服を脱ぎ捨て、新鮮な手を繋いで浴室へ行く。そのバスタブは競泳用のプールのように広い、だがなぜか湯が十インチほどの深さしかない。

高い天窓からはひっそりと広がる午後の草叢のように危険な光が滲みだしている。

ふたりは湯に浸かって愛撫を交わす。あるいはわずかな湯をふざけて柔らかくかけ合う。

彼女の陰唇や肛門が湯に浸っている。

当然のことながら、その湯がぼくのペニスや肛門にもじかに触れて、その粘膜の細胞壁に粘りつくようにまとわりついてゆく。

同じ湯の分子でしっとりと交わりあったその感覚が、なんともエロティックだ。

ぼくは彼女の豊かな乳房をあらためて眺める。その乳首の下にはくすんだ金色の長い毛が一本だけ生えている。

ぼくの視線の意味に気づいた彼女が、抜いて、と甘くかすれた声で言う。


——痛いかも。

——いいの。抜いて。


ぼくは指先でその毛先を抓むと、ゆっくりと引っぱってみる、するとなぜかその毛がするすると静かに伸びてゆく。

驚いたことにもう十インチを超えた。だがさらに伸びる気配がある。

二十インチ。三十インチ。

ぼくはその毛を抓んだまま、バスタブの縁を跨ぎ、浴室を出る。

女の乳首の毛はどこまでも伸びつづける。

sequence 22　元恋人

親友の元恋人に久しぶりにメッセージを送る。

数回のやり取りのあと、三日月駅の地上にあるカフェで待ち合わせることになる。


数日後、その店で久しぶりに親友の元恋人と再会する。あいかわらず長い髪の、どちらかといえば小柄で頬の痩せた女性。その眼差しが記憶どおりになんとも鋭く艶めかしい。

なぜか片脚を軽く引きずっているが、怪我でもしたのだろうか。

その彼女と一緒に、ぼくは親友を見舞いにゆく。


親友は病室でベッドに腰かけて待っている。複雑な点滴の装置を腕に繋がれて。

だが親友の笑顔がいつもよりはるかに明るいのは、やはり元恋人の存在感のせいだろう。

――最新設備の病院で治療が受けられて幸せね。元恋人はいきなり高い声で言う。私の親戚が病気に罹ったころとは雲泥の差。あのころは本当に不治の病って感じだったけど、今は確実に治る病気だから。新しい薬もどんどん開発されてるし。薬は何使ってるの？

——チャンドラセカール、と親友が言う。

——あらそう？　それは親戚も使ってたけれど……まあ、昔から一番効果のある薬なのよ。

ところで、ちょっと声がかすれてるわね。

——放射線の影響みたいよ。

——何回やるの？

——とりあえずは、三十六回の予定。

——けっこう多いわね。今、何回目？

——十回目。

——ふぅん。まだまだこれからね。

見舞いの後、ぼくは彼女と一緒に三日月駅までゆっくりと歩く。

——咽喉の病気はむつかしいの。彼女はうって変わって低い声で言う。粘膜の組織だし、大事な器官や機能が集結してるから。ともかく、彼が良くなるように祈りましょう。私はキリストもブッダもアラーも信じてないけれど、祈る力だけは信じてるのよ。

sequence 23　子宮

親友を見舞ったその帰りの暮れ方、友人の写真家に偶然邂逅する。意外な場所での再会に驚き喜んだぼくたちは、その後の用件がないことを確認しあってから、新月駅のそばの古いバーに入る。

とりあえずはカクテルを三杯ずつ飲んで、ふたりはしだいに酔いはじめる。

——女性のあそこから電車の軌道がどんどん出てくるんだ。新しいグラスに手を伸ばしながら、いきなり彼は奇妙なことを言いはじめる。まるで毛糸の玉がほどけるみたいにね。そうしてその線路がくねくねと伸びつづける。

——すると、いつのまにかその軌道の各所にポイントが作られ、駅舎や信号や踏切や給水所も出来あがっている。

そうして部屋いっぱいに広がり錯綜したその線路で、俺は車輛を走らせるんだ。眼も眩むようなすごい速度の出る特急や、王族や貴族たちが乗るような豪華きわまりない寝台列車、それにダージリン・ヒマラヤ鉄道みたいな可愛い山岳列車を。

なんとも愉快だよ、この遊びは。もちろんそれが、夢と妄想が綯交ぜになった可笑しなものだと解ってはいるんだけどね。

——ここまで言えば解るだろうが、俺は女性の子宮が大好きなんだ。そのなかでいろんなものが胚胎して、このざらついた無秩序な世界に武装もせずにのびのびと生まれおちてくるんだから。人のいろんな願いをかなえてくれる、魔法の生きた箱さ。

——俺は好きな女性のそんなお腹のなかで、ずっと静かにぼんやりと生きてゆきたい。永遠の胎児みたいに。

だってほら、現実はまるで面白くないじゃないか。

もちろん妻のお腹なんかじゃないよ。そんなことをしたら俺は即座に窒息してしまう。

つまりはあの、要するに大量のシャツに埋もれるのが大好きな、例の女性のお腹でさ。

いや、もうすぐきっと入れるはずなんだ、あの子のお腹には。

——究極の性的結合だな、それは。

ぼくはなかば感心し、なかば以上に呆れ、彼の心のありように少なからず不安を覚えながら、そう答える。

sequence 24　貝類

久しぶりに空の隅隅までが晴れわたった午後、新しいガールフレンドの自宅に招かれる。幸運なことに彼女の夫は台湾に旅行中で、一方ぼくの妻は仕事で名古屋にいる。

そのなだらかに傾斜する明るい芝生の裏庭で、ぼくたちはシャンペインを飲みながら遅いランチを食べる。

――この黄色いお皿はさっき駅前の市場で買ってきた惣菜、と彼女は言う。それからこっちの大きなお皿は、鳥貝、青柳、帆立、常節、それに石鯛の刺身など。今朝届いたのよ。

――おや、貝だらけだね、とぼくは言う。美味しいのかな？

――それはもう。だって旬のものばかりだもの。

それにしても春が旬っていいわね。ともかく春には、生き物たちの本質や本能や欲望があられもなく蠢くんだから。

――確かに。ぼくたちを含めてね。

ところで、あっちの蘇鉄の蔭に奇妙な窪みがあるけれど、池か何かだったの？

――あらまあ、なかなか鋭いわね。彼女が頬笑んで答える。私が幼稚園のころかな、父親と一緒に池を作ったのよ。鯉やオタマジャクシなんかを育てようと思って。

でもその数日後、飼いはじめたばかりのダルメシアンの仔犬がその池に落ちちゃったの。可哀そうに、溺れて死んじゃった。

だから腹を立てたお父さんが、その池をすぐに埋めもどしたというわけ。まあ、いつまでも悲しくて、でも懐かしい想い出ね。

sequence 25　キス

奇妙な血統と類縁の繋がりがあって、ぼくは長野県のとある町の地質調査に赴く。

どういうわけか、ぼくは気鋭の地質学者であるようだ。

昼食のあと、仕事に取りかかるために格納庫の裏手の坂道を登ってゆくが、しだいにその傾斜が急峻になって、気がつけばもはや断崖に近い。

先刻からの濃い霧で、眼を凝らさないとほとんど何も見えない状態だ。これから荒れた気象になるのだろうか。

頂上はすぐそこらしいが、庇のように突きでた岩に遮られてこれ以上登れそうにない。おまけにこの視界では降りることも不可能だ。

ふと視線をあげると、驚いたことに岩のすぐ上に砂記子の姿がある。ぼんやりとした輪郭ながら、その顔つきだけはあくまで鮮明だ。彼女に間違いない。

——あら久しぶり。彼女が上から言葉をかけてくる。地質調査に来たの?

——うん。でもどうして解った?

——だってあなた、全身から深い地層の匂いがするもの。さあ、早く頂上へいらっしゃい。

彼女はその細く長い手でぼくの肩を摑んで力強く上へと引っぱる、するとぼくの身体は軽軽と頂上に持ちあげられる。

——ありがとう、助かったよ。

——それよりあなたに教えてほしいことがあるの。

そう言って彼女は、続きの言葉を発することがないままに大きな瞼を閉じる。

ということはと、ぼくは考える。これはぼくに〈キスをして〉という意味なのだろうか。

ぼくの胸は早鐘のように烈しく打ちはじめる。

その昂揚した気分のままに、ぼくは彼女の肩を抱きよせキスをする。

そのときぼくのもうひとつの視点が滑るように上空に吸いあげられて、断崖の頂上にいるぼくたちを見おろしている。ぼくたちふたりが抱きあってキスを交わす姿を、ぼくの視線がゆっくりと旋回しながら眺めおろす。

だがぼくの眼には、なぜかふたりがまるで幸福そうには見えない。いったいどういうわけなのか、やっと数十年ぶりにキスをすることができたというのに。

sequence 26 味覚

絹糸のように降る春雨をくぐって、三日月駅のそばの病院へ行く。がらんとした病室から窓の外の陰鬱な景色を眺めていると、親友が治療を終えて地下から戻ってくる。なんとも重たげな足どりで。

——放射線の影響で声がガラガラだ。痰が絡んでそうなるらしい。おまけに咽喉が痛い。もう火傷の状態さ。薬で痛みを抑えてはいるんだが。それに味がしだいに解らなくなってきた。悲しいことに味覚が少しずつ壊れていってるんだ。ただ微妙な風味はまだかろうじて判る。これが〈味わい〉というものなのかな。

——たとえばすき焼き。あるいはバウムクーヘン。全然判らない。甘いのが特に不明。それにご飯が食べにくい。何の味もしないから。匂いは解るんだよ。いかにも美味しそうな匂い。だが食べると味がしない。大袈裟だけど、地獄だぜこれは。

——味覚を麻痺させる薬があれば、ダイエットは簡単だね。食べる気がまったく失せるから。そんな薬を俺と一緒に開発しないか？

sequence 27　射精

男と女はどちらも既婚、そしてどちらも子どもはいない。
女の夫がもうすぐ春の人事異動で海外に転勤する。女もそれについてゆくことになる。
そういう経緯で、これがとりあえずは彼らの最後の交わりだ。

昼下がりのベッドでふたりは動きはじめる。海の切れはしが見える青いベッドの上で、たがいの意思と欲望と本能の形のままに、自由に自在に延延と動きつづける。

そして遂に最後のときが来て、男は女の背後からその最奥部に深く烈しくたっぷりと精液を放つ。

あたかも五月の樹液のごとく、刺戟的で濃密な匂いを発する若若しい精液を。

だがその行為の途中でいつのまにか異国の手紙が破れていたらしい。

男がみずからを抜去すると、白く濃厚な粘液が女の膣からシーツに滴り落ちて、ふたりは驚きおののく。


しかし女は結局妊娠しない。ふたりは遠く離れた国と国で、深く安堵する。

それから何十年という歳月が、まるで愚かなつむじ風のように皮膚の上を通りすぎる。


男は妻とのあいだに三人の子どもを持った。彼らは美しく逞しく成長した。

だが女には子どもがいないらしい、そんな噂を先週男は奇妙なところで耳にした。

あのとき彼女が妊娠しなかったのは、もしかするとその体質が原因だったのか。

そう思うと、男の胸になぜか悲しみの感覚が津波のように押し寄せてくる。

真夜中に透きとおったジンを飲みながら、男は細く冷たい泪を一本だけ流す。

interlude d　蜜蜂

少年たちは犬釘の打たれた屋根裏でこっそりと髪を伸ばすが、たとえそれらの記憶債券が挿話のなかに含まれるとしても、袋小路が放つ硫黄の引力はけっして消滅しないだろう。まず第一に、受信アンテナと発疹アンテナの混同は起こるべくして起こった。ゆえに脱皮直後の少女たちは眩暈のプールへ出かけ、全裸になって背泳ぎで泳ぎはじめるのだが、そこに影の無い少年たちがなかば尖った形で蝟集する可能性は高い。蜜蠟に封蠟、それらの雫はユッカの葉蔭でいかにも種子的だからだ。そして少年たちは思い思いの体位で射出したあと、速やかに加速して死亡する。彼らのか細いアヴォカドの幻が少女たちの熱い器官に残されたままではあるにせよ、無尽蔵の海胆は数回の飛行のあとでも放物線の陰部で蒸発することはないはずだ。

sequence 28　プール

銀色に耀くロープウェイではるかな山の山頂へ昇る。

展望台まで歩くと、その先には青い水を湛えた雲形のプールがあって、親友がそのなかで催眠治療を行っているのが見える。とすれば彼は医者であるらしい。その彼も、そして老若男女の患者たちも、どういうわけかみんな全裸だ。

プールの水は巨大なサファイアのように碧く深く澄みきっている。おまけにその水面で光が眩しく屈折し、さらには烈しく跳ね返っているから、もはや直視できないほどだ。

こんな水はかつて見たことがない。

それほど新鮮きわまりない光を放つ水なのだ。

ぼくは全身の骨が震えるほどに感動し、みずからも衣服を脱いでプールに入ってゆく。

そのとき背後でぼくの携帯電話が鳴る。だがそれは今脱ぎ捨てた白い半ズボンのポケットに入っているから、電話を受信することができない。

携帯電話はなぜかいつまでも大きな音で鳴りつづける。

それを不審に思った患者たちがいっせいにこちらをふり向く、その彼らの眼が真青であることにぼくは驚く。

虹彩が青いのではない。眼球全体が真青なのだ、まるで海だけの地球儀のように。

sequence 29　鮨

一昨日、親友は六度目の入院生活からとりあえずは解放された。その彼と、今夜は半月駅のそばの鮨屋へゆく。彼がこの病気に罹患してから初めての鮨であるらしい。

白い麻の暖簾をくぐって店に入る。初めての店。

親友は早速吟醸酒のグラスを傾けながら、鰤、槍烏賊、鰯、春子、鮑、赤貝、それに本鮪の中トロなど、ガラスの冷蔵容器に並ぶネタを見てどんどん頼んでゆく。もちろん彼は味覚の感度が減じているのだが、しかしそこそこの金を払ってもいま鮨が食べたいということなのだろう。


——雲丹はオレンジ色が雌なんだよ。ふと思いついたように彼が言う。

——ふぅん。じゃあ雄は何色？　オレンヂしか見たことがないような気もするけれど。

——雄は黄色。まあ産卵期に限っての話らしいけどね。


そのとき主人が、今日はとびきり珍しいネタがありますよ、と真顔で言う。訊けば、魚津で揚ったリュウグウノツカイであるらしい。

そういえば何十年も前に親友とふたり、池袋のビルディングの水族館でフォルマリン漬けのリュウグウノツカイを見たことがあった。十ヤードほどの長さだったと思う。残念ながら背鰭や胸鰭の繊細な薔薇色はすっかり褪色していたが、ともかくも一見不恰好ではあるが、実は言葉にならぬほど精妙で迫力のあるその存在感を、ぼくは鮮明に憶いだす。

ひとしきりその話題で会話をしたあと、ぼくと親友は〈竜宮の遺い〉を註文する。

sequence 30　仕事

父親が先月転職した。ある日ぼくは、小学校の帰りに青いボンネットバスに乗って、新しい職場に父親を訪ねる。

切りたった巨大な砂の崖で四方を囲まれた、ほぼ五十平方ヤードほどの狭い空間。その中心に父親は、白い麻のカフタンを着てひとりで突っ立っている。ぼくが試しに周囲の壁に触れてみると、指先の動きとともに白く渇いた砂がさらさらとこぼれ落ちる。なんとも脆い壁面だ、あまりに危険と言うしかない。

――こんな危ない場所で何をしてるの、パパ？

すると父親は毛むくじゃらの太い指で足元を指さし、

――こうやって地面を透かし見て、言葉の美しい鉱脈を探してるのさ。

父親はウラマーのように白く伸びた顎ひげを撫でながら、こともなげにそう答える。

sequence 31　匂い

廊下ですれ違った見知らぬ女が、あなた、汗の匂いがするわよ、とふり向きざまに言う。

ここは同窓会の会場だから、彼女は同窓生には違いないのだが、まるで記憶にない。

奇妙に整った顔立ちの、だがどことなく崩れた風情の女。虹彩が淡い灰色に耀き、中心の瞳孔は紅く澄みきって、それが実に風変わりでなんとも蠱惑的だ。

——え、本当に？　ぼくは少少は狼狽して応じる。もともと体臭が強いほうではないし、それに汗の匂いには気をつけているはずなのに。

——ほんとよ。濃厚な汗の匂い。子どものころから屋根裏部屋で積み重なって凝縮し醗酵した、そんな密度の高い秘密めいた匂い。

そう言うと彼女は、青い手袋を嵌めた人差し指でぼくの右耳の後ろをことさらにゆっくりとなぞり、その指先をみずからの形よく尖った鼻先に持ってゆく。

——ほら、こんなに危ない匂いなの。彼女は眉を顰めて言う。あなた、今夜からしばらく冬眠したほうがいいわ。一度長く睡りつづけて、ゆっくりと脳みそを弛緩させるのよ。この会が終わったら家についていてらっしゃい、冬眠の仕方を教えてあげるから。

彼女は灰色の瞳で真直ぐにぼくの眼を見つめて、嫣然と頰笑む。

sequence 32　長崎

旧式の青い寝台列車に乗って、妻は故郷の長崎へ旅立った。先週の話だ。

山手へと登る細く屈曲した坂道の途中の、広い裏庭のある実家。

その庭からは長崎の街全体が見わたせる。斜めに迫りあがる夜景が特に美しい。眺めの良い家だ。

妻は病気の父親を介護するために帰省した。

義父は長らく小さな大学で教えていたが、定年で退職したそのすぐあとに、いわゆる認知症の片鱗が言葉や行動の随所に現れはじめた。今ではその症状があまりに顕著だ。

ぼくなりの表現方法で語るなら、要するに義父は、地図と羅針盤と時計を同時に喪失したということになる。

〈母は十年前に亡くなり、いま兄は遠くバルセロナにいる。父の面倒を見ることができるのは私しかいない〉

そう考えた妻は、ともかくも長崎の実家で父親と一緒に暮らすことを選択した。

もちろん妻も、久しぶりの広大な実家で、軽やかで清らかな空気を吸いながら羽を伸ばすことになるだろう。

元来妻はそちらのほうが似合う性質だ。森で蜘蛛の巣を集めたり、雪の日の跞を録音したり、初夏の鳥の啼き声を真似たりするのが趣味の、そんな反都会的な人種なのだから。

そういうわけで、ぼくたちの別居生活は当分のあいだ続きそうだ。

念のためにつけ加えるなら、この〈長崎〉は現実の長崎であるとともに、想像上の長崎でもある。

sequence 33 病状

一週間ぶりに見舞いに行く。親友と一緒に食べようと、ハワイ産の黄色いアイスクリームを持って。もちろん味はほぼ解らないのだろうが。

——病巣が明らかに小さくなっているらしい。親友は言う。今は親指の先ほどのサイズ。

——でも、あいかわらず点滴が大量なんだ。副作用を防ぐための点滴がね。その量がどんどん増えている。昨日はナースの勘違いもあって、午後九時すぎまでかかってしまった。退屈極まりないからだんだん眠たくなってきて、終わりのころはうとうとしちゃったよ。

——点滴には利尿剤が入っているから、排出した水分を補うためにどんどん水を飲めと言われる。それで言われるままに水を飲んでいたら、一時間おきに尿意を催してしまうんだ。真夜中でもね。だから今度は睡眠不足になる。今日は朝から眠たくて仕方がない。

——しかし幸いにも、本筋の薬の悪影響はいまだに現れないんだ。嘔吐感も皆無。髪はもともと抜けてるしさ。主治医に、薬に強いですね、珍しいケースです、と言われたよ。

interlude e　インタヴュウ

――そう言ってくださると嬉しいですね。

ともかくぼくは、世界と相似をなすような書物を著したい。言いかえれば、そのページを捲ると、世界の美と渾沌が同時に透けて見えるような本。

――限りなく透明で純粋で純一な、たとえば結晶体のごとき完璧な構造を持つものももちろん美しいけれど、複雑で多種多様、しかも矛盾や誤謬に満ちた存在も実に魅惑的です。そしてそのいずれもが、世界の真の姿なんですよね。

sequence 34 運転

妻はここしばらくは長崎の実家に帰っている。子どもたちはすでに独立した。だから今この家で寝起きしているのはぼくだけだ。

結論から言えばそういうわけで、ふだんは妻に止められている運転を久しぶりに行うことにする。あくまでこっそりと密やかにではあるが。


ガレヂに止めたポルシェに乗りこむ。たとえば十月の晴れわたった午後の湖面のような、抒情的に青いポルシェ。

鍵を仄暗い穴に挿入してエンジンに火を入れると、無骨すぎる音、むしろ雑音に近いとも言うべき音が車内に響きはじめる。だがその音が実に心地よい、いかにもクルマの鋼鉄の心臓部を動かしているという実感がある。


ポルシェがそろそろと動きだす。手足の動きに律儀かつ正確に反応する、精密機械のような感覚。子どものころに町角で自転車に乗っていた、あの直接的な操舵感に近い。

家を離れて幅広い道を走り、高速道路をくぐり抜けて、いつしか隣町に入る。

何百年も変わらぬような、ある種の剝きだしの美しさを湛えた町並みを眺めながら、ふと思いついて植物園の裏手に広がる高台の住宅街へと向かう。

下界とは隔絶されたような住宅街をゆっくりと走り回る。その町の空気は地表に近い層まで澄みきっている。空き家が異様に多いように見えるが、何か理由があるのだろうか。

ふと気がつくと、白い半ズボンのなかが烈しく勃起している、まるで十四歳の少年のように。そのことにぼくは単純に驚く。最近ではベッドの上でもなかなか硬くならないのに。いったいどういう生理的あるいは心理的な作用とメカニズムなのか。

いきなり粒の大きな小雨が降りはじめる。ウィンドシールドに付いたまばらな雨粒が、真珠のように鈍く滲んで光る。

と思う間もなく、分厚い真黒な雲が上空に流れきて大雨になる。

ぼくはフォグランプを点けながら思う、なんてロマンティックなドライヴなのかと。

いきなり視野の右手に雷が落ちて、並木の桜が燃えあがる。

sequence 35　蝙蝠

——ところであの事件、憶えてるだろ？　身の毛がよだつというのはああいうことなんだな。子どもは元来残酷なものだけどね。ここに来てからなぜかよく想いだすんだ。

——そういえば昔昔、俺も残酷なことをいろいろとした覚えがあるよ。別に競うわけじゃないけれど。小学校の三、四年のころかな。


——近所に二歳年上の少年がいた。どことなく孤独な風情の大人びた奴だった。

その彼が、あるとき長い竹の棒を持っていた。その棒の尖端に一ヤードほどの木綿の紐が付いていて、紐の先には石ころと白い柔らかい紙が結びつけてある。

それどうするの、と訊ねると、彼は俺を誘って少し離れた古い廃工場へ行った。

忘れもしない秋の夕暮れだ。赤蜻蛉が飛んで、蝙蝠が高く低く空を舞っている。

すると彼は、その棒を空に向かって立ててくるくると回しはじめた。何だろうと思って眺めていると、なんと蝙蝠が近寄ってくるんだ。白い紙きれが小さな羽虫か何かに見えるんだろう。彼がさらに回し続けていると、一疋の蝙蝠が紐に絡みついた。要するに彼は蝙蝠を捕まえようとしてたんだな。

――紐が巻きついた蝙蝠を、少年は素早く手に取る。それをどうするのかといえば、驚いたことに翼の両端を持ってビリリと引き裂くんだ。なぜかは解らないけれど、ともかく蝙蝠の翼というのは面白いように破れるのさ。それだけ繊細に出来てるんだろう。

――それに影響された俺は、同じような道具を作って、ひとりでお寺や神社や教会の裏庭に出かけて蝙蝠を捕った。そして彼と同じように、ビリリ、さ。何度もね。蝙蝠が可哀そうだとか、残酷な行為だとか、そんなことはこれっぽっちも思わなかった。人間って、考えてみれば怖ろしい生き物だな。

――他にも、蜻蛉や蛙なんかでいろんなことをした。今となれば、彼らに申し訳なかったと思うよ。心の底から痛切にね。

sequence 36　夢

ひとりで東京へ行く。早朝に京都駅から〈ねがい〉という名の特急列車に乗って。本来は妻と行くべき用件だが、妻はとうに長崎に引越していて不在だ。

用件が滞りなく終わって、暮れ方の空いた時間をある画家の展覧会に当てる。初めて彼女の現実の作品を観るが、その全方位的な驚くべき生命力とともに、破壊への衝動の危険なまでの横溢が烈しく胸に迫りくる。なんとも切れ味の鋭い才能の持ち主であったことは間違いない。

昼飯を非意志的に食べ過ぎたから、軽い夕食をホテルのバーで適当に摂ることにする。酒はタンカレイのジントニックから始めてカクテルへと流れるが、そのあいだにチーズとトマトと干した果実で適当に胃袋を満たす。

ホテルの自室に戻ってその真夜中、持参のスプリングバンクを飲みながら古いヒッチコックの映画を観ていると、ドアを叩く音がする。こんな時刻にと思いながら、裸のうえにバスロウブを羽織ってドアを開けると、大柄な男が廊下に立っている。天井の灯りに翳った顔をよく見れば、それは親友だ。なぜか緋色の軍服姿で、おまけに金髪がふさふさと額に垂れさがってはいるが、親友に間違いない。

――間に合わないぜ。いきなり親友が甲高い声で喋りはじめる。もはや時間がない。だから大切なものを三つだけ持って逃げろ。きみの大切なものはいったい何だ？

その高圧的な言葉にぼくは慌てて思考を巡らせる。自由、才能、作品、家族、健康、資産、幸福、未来……などといろいろ考えてみるが、そのいずれもが違うような気もする。そこでぼくは逆に親友に問いかける、ではきみにとって大切なものは一体何なのか、と。するとと親友は、

――睡り、夢、砂男。

即座にそう答えると、みるみるうちに四インチほどの背丈に縮んで、暗い廊下を転がるように走り去ってゆく。

sequence 37　屠殺

●拳銃で撃つんだよ。眉間をね。昔ポーランドかどこかの映画で観たんだが、ペリカンみたいに凄く大きな銃で、長いコードが付いていていて。きっと電気が通じているんだろう。電気の力で弾を撃つ。いや、弾じゃないのかな。釘のようなものが飛びだすのかも知れない。ともかく何かが発射されて、眉間に深い傷を負わせるのさ。

◎しかし、それで即死するとは限らないだろう。その釘のような物体が眉間に刺さったときに電気が通じるんじゃないか？　そうしてショック死する。

●感電死ってことか。でもそれじゃ、眉間に傷を与える意味がないよ。感電させるなら、電線に触れさせるだけでいいんだから。

◎確かにね。

■あるいは毒ガスってことはないの？

▲あるかも知れない。でも毒ガスは洩れたら大変だし、管理や設備が大変そう。

■では、薬品とかは？

◎そのほうが確率は高そうだ。

●ただ、薬品の影響が身体に残る可能性もあるんじゃない？

▲それを食べると当然ヒトにも有害だろうから、ちょっと不味いよね。

●あるいは水死とか。

◎いや、それはないよ。いたずらに苦しめることになるもの。最近はもっと健全で平和主義的な手法だと思う。

■リラックスさせるためのBGMをずっと流してたりして。

◆わたしはバッハの『無伴奏チェロ組曲』を流すのが一番いいと思うな。

sequence 38　神戸

親友の病状を、親友の元恋人にときどき報せている。それは親友であるぼくの役割であるとともに、ぼく自身の心の奥に密かに波打つ屈折した喜びでもある。

実を言えば親友の元恋人は、ぼくにとって、一時的にではあるが憧れの対象だった。すなわちは秘かな憧れの。

というのも当時の彼女は、他の級友の少女たちとは何もかもが異なっていた。たとえばその眼差しも、喋り方も、笑い方も、歩き方も。野蛮な子どもたちのなかにひとりの完璧に成熟した女性がいるように、その存在感が鮮やかに際だっていた。

一度だけだが、そしてその前後関係がまるであやふやなのだが、放課後にふたりで町外れにある荒れ果てた教会に行ったことがある。そこには青い花が咲いていた。彼女のお気に入りの場所だったらしい。

ところがある日、親友もぼくと同じように彼女に惹かれていることが解った。しかもぼくとは比較にならぬほどの強烈な磁力で。当時ぼくには決まったガールフレンドがいたこともあって、後ろ髪を引かれながらもぼくはあっさりと身を引いたのだった。

そして冷酷で愚かな生命の時計は早早と進んで、一週間前の夜。
メイルで思いきって彼女を神戸に誘ってみる。これはあくまで推測だが、現在の彼女と彼女の魂にとっては、神戸に行くべき理由がきっとあるはずなのだ。

三日後にやっと彼女から返事が届く。一度だけなら行くことは可能、しかも、泊りがけでもかまわない、とある。


自分で誘っておきながら、これはどういうことかとぼくは考える。まず疑問に思うのは、彼女にとって親友は、もはや単なる想い出のひとつに過ぎないのかということ。それに、彼女の現在の夫——流星町で貿易業を営んでいるらしいが、その夫とのあいだにどういう愛憎の力学が働いているのか。

いやそれより前に、ぼくが彼女にとっていかなる対象なのかが解らない。

そしてぼくと親友との関係性が、この先どんな風に変化してゆくのかも。

すべての機関と軌道は午睡の夢の水面に浮かぶベテルギウスのごとく謎に包まれている。

もちろん、いずれその内部から崩壊することは自明の理ではあるのだが。


ちなみにこの〈神戸〉とは、地図上に実在するあの街であるとともに、ぼくの無意識の世界に野放図に地下茎を蔓延らせる架空の街でもある。

sequence 39　復活

夜明けにいきなり電話が鳴って、熟睡の穏やかなリズムを破られる。いったい何事かと受話器を取れば、親友の妻だ。

——今から言うことをよく聴いて。いつになく生真面目な声で彼女は言う。あの人は旅に出ます。

——え？　どういうこと？　驚いたぼくは寝ぼけ眼をこするのも忘れて訊きかえす。

——彼は旅に出るのよ。遠いところへ。


電話が切れる。だがその電話線の暗い奥の奥から静かな音楽が流れてくることに気づく。バッハの『無伴奏チェロ組曲』だ。

ぼくは我に返ると、慌てて青いナイトシャツを脱いで昼間の衣服に着替え、その上に黒いダッフルコートを羽織って、ちょうど運好くキチンに到着した青い貨物列車に飛び乗る。

闇のなかで列車が急停止する。降りてみると、そこは病院の地下室だ。階段を急いで昇ってゆけば、なぜか親友の病室が病院全体を包みこむように肥大していて、その真中ではすでに別離の儀式が始まっている。

親友は宙に浮かんだガラスのベッドに横たわり、その周りで白衣の神父たちが真紅のロザリオを手繰りながら祈りの言葉をいっさんに捧げる。

それを取り巻く参列者のなかには親友の妻の後ろ姿も見える。そばに蹲るのは真黒な犬。

ぼくも厳粛な気分に浸りながら神妙に親友の姿を眺めていると、いきなり彼がぐいと上体を起こし、さらにはベッドの上にすっくと起ちあがる。

親友は天を仰ぎ、石炭のように黒く耀きながら、両手を大きく広げてこう言う。

——すべての言葉はあらかじめ受精卵に組みこまれていた。その卵が根を生やし、茎を伸ばして、俺という樹木を育てあげた。だからみんなで俺の種の赤い半分を植えてくれ。たとえば窓に、暖炉に、冷蔵庫に、オヴンに、蛇口に、グラスに、そしてきみたちの地下室の鍵穴に。そうしてあとに残った黒い半分は、文字盤の鼠にでもくれてやろう。

当然のことながら参集している人人が騒ぎはじめる。

黒い犬が高い声で何度も吠える。

親友の妻はといえば、喜びの泪を流しながら彼の脚に縋りつき抱きしめている。

親友はやはり蘇った。ぼくは静かに頬笑みながらそう思う。親友の元恋人とぼくの祈りどおりに、彼は新たな生命を得て今朝みごとに蘇生したのだ。

ただ、少少奇矯な人格に生まれ変わった気配もあるのが気懸かりではある。

sequence 40　穴

居間の外のテラスに母親がいる。

彼女は大きなフランス窓に外から凭れて紅茶を飲んでいる。

ぼくが部屋のなかから指先でガラスを叩くと、彼女はちらりとこちらを一瞥し、すぐに視線を戻して紅茶を飲み干してから、隣の家の庭へと歩み入ってゆく。

いつのまにか庭の境の塀が無くなっているようだ。

隣家の広大な芝生の庭では茶会が開かれている。そこに集まった人人の華やかな衣裳や明るい髪の色が遠目にも眩しい。
だが母親は臆することもなく、そのなかでとびきりの魅惑的な笑顔をふり撒いてゆく。

しばらくして母親が戻ってくる。彼女はテラスから居間に入ると、ほら、と明るい声をあげ、長く薄いドレスの裾を劇的に持ちあげる、すると複雑に入り組んだ美しい布地のなかから、多種多様なアンティパスト、あるいはケーキやビスケット、果物、それにチョコレットの類が絨毯のうえに乱雑にこぼれ落ちる。

――せしめてきたわよ、お隣から。

母親が陽気に笑いながらそう言う。その彼女の額の中心には、なぜか黒い穴が開いている。
黒い、大きな穴が。

そのときになってぼくは、母親が二十年も前に亡くなっていたことを憶いだす。

sequence 41　裏庭

のんびりと湯船に浸かっていると、底から死んだ魚が浮かびあがってくる。驚いてその魚を摑めば、腹部が大きく膨れているのが判る。

試しにその部分を指先で圧迫してみると、小さな生殖孔からオレンジ色に耀く卵が大量にこぼれ落ちる。

ぼくはその卵を掌に掬い集め、裸のままキチンへ行くと、ガラスのラメキンにそっくり移して、とりあえずは冷蔵庫の奥で冷やしておく。

そして翌朝、その美しい魚卵を、裏庭の片隅にあるジャスミンの草叢の背後に埋めておく。

そこは子どものころからの、ぼくの秘密の場所なのだ。


それから二週間と七日が経つ。

ふと憶いだしたぼくは、乳清を使ったオクローシュカと、リンゴンベリィのジャムをたっぷり塗ったライ麦パンの朝食のあとで、こっそりその場所へ行ってみる、すると黒い地面から小さな緑の芽が顔を出している。

この芽がいずれは母親の樹に生長するのだろう。ぼくは穏やかな気持ちでそう思う。

sequence 42　苦痛

ぼくの携帯電話に親友からメッセージが入る。

——咽喉の皮膚の炎症がひどい。放射線治療の影響でね。だからケアが大変だ。ジェルをべとべとに塗って、白い包帯でぐるぐる巻き。

――しかし、なんと午前中の診察で、病巣は肉眼では見えませんねと医者に言われたよ。それにリンパ節の腫れも触診では判らないそうだ。

――放射線の照射はあと五回くらいかな。断続的にではあるけれど、とにかく長長と続いた入院生活もやっと明後日で終わり。まあ悪化しない限りは。

――そうそう、二週間ほど前から治験というのが始まってる。これから通院で定期的にその治験を行うんだ。なんだかよく解らないが、アメリカ渡来の薬、しかも本物の薬かダミーのそれかが不明という、そんな野蛮な治療らしい。一年くらいは続くのかな。

――もちろん咽喉の内部も酷く痛いよ。モルヒネ系の強い薬で抑えてはいるんだが、あまり効き目がない。照射の範囲が狭まってきたからだろう。

――最近世間では月蝕市発の特別な風邪が猛威をふるってるようだね。だから退院してもしばらくは外出を控えておくよ。そうそう、この病気が治ったかどうかの判断はけっこう慎重で、もう何か月か先になるみたいだ。

interlude f　蜜蜂

まさにこのとき、可聴域にある少女たちの乳房は、感受性の繭のごとく回転しながら煌めく根を地中に伸ばすことだろう。そして踊り場での緊急洗滌のあとで、境界域に蔓延る無数の井戸も少女たちの半透明の悦びで満たされて、緯度も経度も異なる見知らぬ町で産声を上げるに違いない。

だからこそ少女たちの秘密の球根には何も映らない、少なくとも少年たちの備忘録と赤く腫れたお尻以外には。

もちろん船足はそれほど速くない。にもかかわらず桑の実の夜明けが放埒に囀る。その結晶軸は不謹慎に毛深く、羞恥心の指紋が白髪の白さを際だたせる。少年たちはあいもかわらず条約状の裏声で歌いつづけるが、さらに著しく生理的な少女たちは、暴力性をたっぷり塗りつけた薄切りのトーストを持って裸のままベッドに入り、黄色いバスタオルを頭に巻くこともなく、少年たちの幾何学的な内乱を解剖しはじめるのだろう。

sequence 43　秘密

――もちろんしたわよ。幼稚園くらいまでかな。いやもしかしたら小学生になってもやっていたかも。ふふ。本当は高学年になるまでずっとやっていた。年下の子たちとね。

――別の呼び名で呼んでたわ。恥ずかしい名前だから言わないけど。

――町外れに教会があったの。旧い教会。何十年も前から使われていない雰囲気の。そこの裏庭にある、青い花の咲く草叢が秘密の場所だった。

――だいたいは女の子ふたり、男の子ふたりの四人が多かったかな。最初に女チームと男チームに別れて、じゃんけんするの。そして勝ったほうが負けたほうに何でも好きなことをする。

――そうね。私たち女の子は、男の子たちのパンツを引っぱり下ろして玉や棒を触ったり、その結果としてと言うのも変だけど、びんびんに勃起させてみたり。
その代わり私たちも、下を脱がされて蛙みたいな恰好であそこを開かれたり、ついでに葉っぱを挟まれたり、立ったまましっこをさせられたり。
四つん這いになってお尻に団栗を入れ合ったこともあったわね。取れなくなったときは慌てたけれど。

――結局はみんなで全裸になって、抱きあって、キスして、大笑いして、おしまい。そんな単純な遊び。

――何だったのかしらね、あのクレイジィな情熱は。ともかく私はあの遊びが大好きだったな。まあ、大人になっても同じようなことをして愉しんでるけどね。

sequence　44　義父

暗く細い坂道を歩く。金木犀の軽やかで濃密な匂いが鼻粘膜を打つ。
とすればここは、妻の実家のある長崎であるらしい。

ふと見ると、前方に白い人影がある。しだいに近づいてゆけば、それは全裸の老人だ。彼は背を丸め、垂れさがった尻肉を交互にゆっくりと動かしながら、坂を登っている。とはいえ、その脚はまるで路面に接していない。地面から五インチほどは浮いたまま、前方に進んでゆく。

もしかして、彼は亡霊なのではあるまいか。

不安を覚えたぼくは、早足で追い抜きざまに彼をこっそりと注視する、するとその横顔の彫りの深い輪郭から、それが妻の父親、すなわちぼくの義父であることが判る。驚いてしばらく見つめていると、義父はこちらを向いて片頬でニヤリと笑い、

——ほら、これらはきみにこそ必要なものだろう？

そう言うと義父は、眼前の暗闇のなかから真新しい地図と羅針盤と時計を瞬く間に紡ぎだして、ぼくの胸に押しつける。

sequence 45　死

――犬が亡くなったんだ。妻や娘は〈オードリィ〉と名づけていたけれど、俺はただ単に〈犬〉と呼んでいた、あの黒い犬さ。

先日病院から帰ってきたら、その夜のうちに死んでしまった。ラブラドル・リトリヴァ。十七歳だった。けっこう長く生きたと思う。

――犬は生まれて五か月くらいで我が家にやって来た。娘が十歳のころだ。彼女、犬が可愛くて仕方がなかったから、あれこれと面倒を見ていたよ。食事とか、昼寝とか、庭の散歩とかね。まるで年の離れた妹を相手にしているみたいで、見ていて面白かったな。

——その翌年か翌翌年くらいには、娘と犬は双子同士のような関係になった。ほら、犬の成長ってヒトの七倍くらい速いって言うだろ？　だから自然にそんな感じになる。ふだんは本当に仲良く遊んでいるんだけど、たまに大喧嘩したりしてね。

——それからは、しだいに犬が姉になり、ついには母親になっていった。娘が学校から帰ってくるのを、犬は毎日毎日玄関で待ちかまえている。そんな時代が何年も続いたよ。

——ところが近ごろは、ゆっくりと段階的にではあるけれど、犬は周囲に関心を示さなくなっていった。これが老化ってことなのかなと、妻と話したこともある。それに、顎の下あたりの毛にも白髪が混じってきていたし。

——要するに、寂しいことだけど、犬はいつのまにか確実に老犬になってしまっていたんだ。われわれよりひと足早くね。

sequence 46　文字盤

さらに廊下を歩いて突き当たりのドアを開けると、そこは豪奢で頽廃的な寝室だ。

皺寄ったシーツや枕、それに乱暴に脱ぎ捨てられた緑の絹のネグリジェ。

その乱れたベッドの気配にぼくは母親の匂いを濃厚に感じとる、とはいえ彼女はもう何十年も前に亡くなっているはずなのだが。

部屋に入ってみる。

鏡、暖炉、半開きになった重たげなカーテン。その窓際に小さな書き物机があって、上には鮭の絵を描いた表紙の本が載っている。

その横には小さな金の腕時計。母親が使っていたものだ、かすかな記憶がある。

しかしその文字盤には針が無い。長針も短針も。

寝室を出ると、今度は廊下の隅に螺旋階段を見つける。その暗い階段をゆっくりと回りながら降りてゆくが、おそろしく長い道のりだ。

何度も回転してやっと階段を降りきれば、そこは石畳の広場のごとき部屋。どこかの古い美術館の一室のようでもある。

その広間を歩きながらなにげなく右腕の旧いサブマリナを見ると、ふだんは黒い文字盤がなぜか真赤になっていて、しかもその真中に大きな数字で1と出ている。いつのまにこの種の表示法に変わったのか。

ところが文字盤を見る角度を変えると、いつもの夜光の文字盤に戻る。不思議に思って注意深く眼を凝らす、するとしだいに時計の側面が分厚く肥大し、また透きとおっていって、その結晶体のごとき内部では蟻が何疋も歩きまわっているのが判る。そのトパーズ色の異様に丸丸とした腹部を見れば、どうやら蜜壺蟻であるらしい。

そのうちに蟻たちの姿は消えて、代わりに枯れ草が現れるのだが、その枯れ草が今度は緑色の若草に蘇り、さらにはその若草がみるまに枝を伸ばし葉を繁らせて、ついにはずらりと立ち並ぶ針葉の巨樹になる。

いわば時計のなかの秘密の森だ。

これはなんとも奇蹟的な、世界にふたつとない腕時計だと思ったぼくは、前を歩く親友の肩を後ろから摑んでそれを見せるのだが、彼はぼくの腕時計を一瞥すると、黒い文字盤以外にはなんにも見えないぜ、と答える。

さっきと同様、それは視線の角度のせいなのか。それとも腕時計を視る人間の、その心の傾斜度や魂の濡れ具合によるものなのだろうか。

sequence 47　恢復

——咽喉の痛みはあるが、間違いなく楽にはなった。味覚も完全ではないけれど、その方向性は確実に戻ってきている。味覚の〈枝〉がまだ短いというところかな。

——たとえば今、きみが「この黒ビールは……」と言っただろう？　その発言が腑に落ちるんだ。つまり、黒ビールが黒ビールだと判る。先日まではまったく判別できなかったんだが。それに甘みもしだいに感じるようになってきた。これが実に嬉しい。

——甘みというのは本当に大切な味覚だね。もともと甘いものはそれほど好きじゃなかったんだが、甘さが解らないと食事がまるで味気ないんだ。

——ああ、そうだな。短期間でここまで治るとは驚きだ。自分でもちょっと信じられない。わが身に奇蹟が舞いおりたみたいだよ。

sequence 48　不死

死なない人たちがいる。何があってもけっして死なないという人たちが。選ばれた種族と言うべきか。

彼らはその〈死期〉が近づくと、家を離れて森へゆく。そしてたとえば苔の生えた倒木に腰かけ、眼を閉じて、静かにそのときが訪れるのを待つ。

周囲の重力がしだいに増して、風が烈しく吹きすさびはじめる。

しばらくして、か黒い空にいきなり白い光が閃くと、とうとう彼らは地面に斃れこむ。

すると見るまに彼らの鼻孔から、口腔から、耳孔から、あるいは眼裂から、すなわちはその肉体のあらゆる孔からいっせいに緑の芽が噴きでて、蔓が伸び、葉が繁り、ついにはひとつの青い花が咲く。


さて、その花が身を顫わせながら異形の花粉を大気に放つと、それは風に乗って近くの街へ漂い流れ、あるいは見えない鳥がそれを咥えて知らない町へと運んでゆく。


そうしてある宿命的な真夜中に、暗く分厚い屋根の下、清らかな額で睡るひとりの少女のからだの奥深くに着床する。

おそらくその何年かあとには、新しい嬰児がこの世界に生まれおちることだろう。

彼らの生命は、このように形を変え時代を超えて紡がれつづける。際限なく、永遠に。

それがつまりは不死、瞼に捺された烙印のごとき不死の、その本来の意味なのだ。

sequence 49　反復性

宇宙のはるか彼方から冷たい光の塊が墜ちてくる。
それは地面に突き刺さると
そのまま地球を反対側に突きぬけて
また真空の暗闇の彼方へと飛び去ってゆく。
それが何十億年にも亘って繰りかえされるあいだ、
ぼくはこの屋根裏部屋から一歩も外に出ることができない。

sequence 50　数

ひとりはひとり。ふたりはふたり。

だが、ひとりでふたりになることもあれば、ふたりでひとりのこともある。

実のところ彼は、鏡に映るぼく自身なのかもしれない。

あるいは彼こそが、ぼくの想像者であり創造者、あるいは庭師、さらには調香師であり調律師なのだろうか。

sequence 51　少女性

たとえば、一九六四年。あるいは、二一七五年。

毛深いドアを開けて、柔らかい襞の連なる仄暗い坑道を遡り、きみがやっと辿り着いたのは魂の底の底から温かくなる場所。鳥たちが安らぎ獣たちが夢みるそこは、無意識の奥の地下室か、それとも未来の記憶の屋根裏部屋なのか。

見ればその薔薇色の天井から緑色に煌めく絹糸が何本も垂れさがり、それらが自在に絡まり奇妙に縺れた束になって、ひとりの少女を吊りさげている。

その少女は全裸のからだを内側に丸め、重力と反重力の境界域に浮遊しながら、すべての血管を時間の蜜で満たしたまま、おそらくは球形の睡りを静かに睡りつづける。

不可視の繭のなかの、隕石のように重たく流星のように軽い少女。その少女の仄明るい股間に、だが理科室の裏庭に生えるヒマラヤ薔薇の蕾のように小さなペニスが見え隠れしているのはいったいどういうわけだろう。

東方の空に金色の朝陽が昇り、電柱の上のガラスの碍子がいっせいに煌めく。牛乳配達の少年が寄宿学校の裏庭のジャスミンの草叢に跪いて、こっそりと白く腥いものを射つ。

いきなり少女の夢にふたつの虹が出現する。
譬喩と韻律の魔法による、逆流の虹が。

sequence 53　虹

暗い瞼の内側に、あるいは
はるか遠くの星の雨あがりの草原に
いま虹が架かる。
比類なく巨大で怖ろしいほどに清らかな
ひとつの彎曲した虹が。

虹はいつでも新鮮だ。

sequence 54　本

そしてぼくの掌の上では
過去に書かれたすべての本が見えない焔に包まれて冷たく燃えあがり
ついには灰になって次次に崩れおちてゆく。

こうして時は確実にうつろいゆくのだが、

だがその流れに全身であらがう少数の本だけが
白い灰になっても本の形を保ったまま生きつづける。

sequence 55　コーダ

夜。

世界中の街や町のあちこちで

明かりの消える音がする。

それに〈おやすみ〉という声の

密やかに波打つ連なりも。

sequence 56　舟

舟で夜を遡る。
この何もない舟、しかも
何でもない舟で。

その舳先は夏の朝露のように透きとおっていて
帆は濃厚な母乳の霧に溶けこんでいる。
艫は十月の暮れ方の鰯雲のごとく耀くが
なぜかそれらは指で触れてもまるで手触りがない。
ぼくが用意したのはこんな奇妙な舟だけれど
母さん、
あなたはこの舟に乗ってくれるだろうか？

確かに今はあなたとぼくしかいない、だが
眼を瞑ればぼくの背後に連なる獣たちが鮮やかに視えるだろう。
そのうえ彼らの傷口が発する光が
集まり紡がれ虹となって
この星の前世と未来を海の上に柔らかく描きだしているから
母さん、
いや、ママ、
今夜この舟の上で
その股間に執拗に絡んだ金の糸を思いきって投げ捨てて欲しい。
そうすれば、次の夜か、おそらくは次のつぎの夜には
塩辛い水のなかから新しいぼくが生まれてくるに違いない。
髪の先から時間の火花を存分に滴らせた、白い半ズボン姿のぼくが。

だからママ、
この舟に乗ってくれないか？
この見ず知らずの不思議な息子と一緒に。

sequence 57　眼

世界を鎖した暗闇の
遠くて近いそのどこかで
いま子どもたちが
眼
を見開く。

願わくは、おだやかな洪水が

毎夜ぼくたちの睡りに優しく襲いかかりますように。

to be continued

加藤 思何理（かとう　しかり）

札幌に生まれ、京都や大阪などで育つ。

著書：『孵化せよ、光』(2010)
『すべての詩人は水夫である』(2014)
『奇蹟という名の蜜』(2016)
『水びたしの夢』(2017)
『真夏の夜の樹液の滴り』(2018)
『川を遡るすべての鮭に』(2019)
『花あるいは骨』(2019)

詩集　おだやかな洪水《こうずい》

発　行　二〇二一年九月十七日

著　者　加藤思何理
装　幀　長島弘幸
発行者　高木祐子
発行所　土曜美術社出版販売
〒162-0813　東京都新宿区東五軒町三—一〇
電　話　〇三—五二二九—〇七三〇
ＦＡＸ　〇三—五二二九—〇七三二
振　替　〇〇一六〇—九—七五六九〇九
印刷・製本　モリモト印刷

ISBN978-4-8120-2635-9　C0092